要先問一下哦！

茱麗葉·克萊兒·貝爾 (Juliet Clare Bell) 著

艾碧嘉·湯普金斯 (Abigail Tompkins) 插畫

兒童博雅系列　119

要先問一下哦！

教導孩子學會「尊重他人」與了解「人際界限」

作者 — 茱麗葉‧克萊爾‧貝爾（Juliet Clare Bell）
繪者 — 艾碧嘉‧湯普金斯（Abigail Tompkins）
譯　　者 — 張耘榕
發 行 人 — 楊榮川
總 經 理 — 楊士清
總 編 輯 — 楊秀麗
副總編輯 — 黃惠娟
責任編輯 — 陳巧慈

出版者 — 五南圖書出版股份有限公司
地址：106台北市大安區和平東路二段339號4樓
電話：(02)2705-5066　　傳眞：(02)2706-6100
網址：https://www.wunan.com.tw
電子郵件：wunan@wunan.com.tw
劃撥帳號：01068953
戶名：五南圖書出版股份有限公司
法律顧問：林勝安律師
出版日期：2021年6月初版一刷
　　　　　2022年1月初版二刷
　　　　　2023年9月二版一刷
定價：新臺幣320元

國家圖書館出版品預行編目資料

要先問一下哦！/ 茱麗葉‧克萊爾‧貝爾
（Juliet Clare Bell）著；艾碧嘉‧湯普金斯
（Abigail Tompkins）繪；張耘榕譯. -- 二版. -- 臺
北市：五南圖書出版股份有限公司, 2023.09
　面；　公分
國語注音
譯自：Ask first, monkey!
ISBN 978-626-366-583-5（精裝）

874.599　　　　　　　　　112014833

送給我最棒的萊克西。
這是給你的，尤其是青蛙！
—— 克萊兒

送給我們的小凱凱—他總是在我身旁微笑著。
—— 艾碧嘉

嘿ㄟ！
我ㄨㄛˇ是ㄕ猴ㄏㄡˊ子ㄗ。
一ㄧˋ隻ㄓ超ㄔㄠ愛ㄞˋ搔ㄙㄠ癢ㄧㄤˇ的ㄉㄜ猴ㄏㄡˊ子ㄗ。

這ㄓㄜˋ裡ㄌㄧˇ都ㄉㄡ是ㄕ我ㄨㄛˇ的ㄉㄜ朋ㄆㄥˊ友ㄧㄡˇ們ㄇㄣ……

不ㄅㄨ相ㄒㄧㄤ信ㄒㄧㄣ嗎ㄇㄚ？
你ㄋㄧ去ㄑㄩ問ㄨㄣ問ㄨㄣ我ㄨㄛ媽ㄇㄚ咪ㄇㄧ。

這ㄓㄜ是ㄕ真ㄓㄣ的ㄉㄜ！

我ㄨㄛˇ生ㄕㄥ來ㄌㄞˊ就ㄐㄧㄡˋ是ㄕˋ會ㄏㄨㄟˋ讓ㄖㄤˋ人ㄖㄣˊ哈ㄏㄚ哈ㄏㄚ大ㄉㄚˋ笑ㄒㄧㄠˋ。

搔ㄙㄠ肋ㄌㄜˋ骨ㄍㄨˇ癢ㄧㄤˇ，

用ㄩㄥ圍ㄨㄟ兜ㄉㄡ搔ㄙㄠ癢ㄧㄤ，

用「尾巴繞中肚」搔癢，

呃……

你是在開玩笑吧？

不。

真的嗎？！
好吧！反正⋯⋯

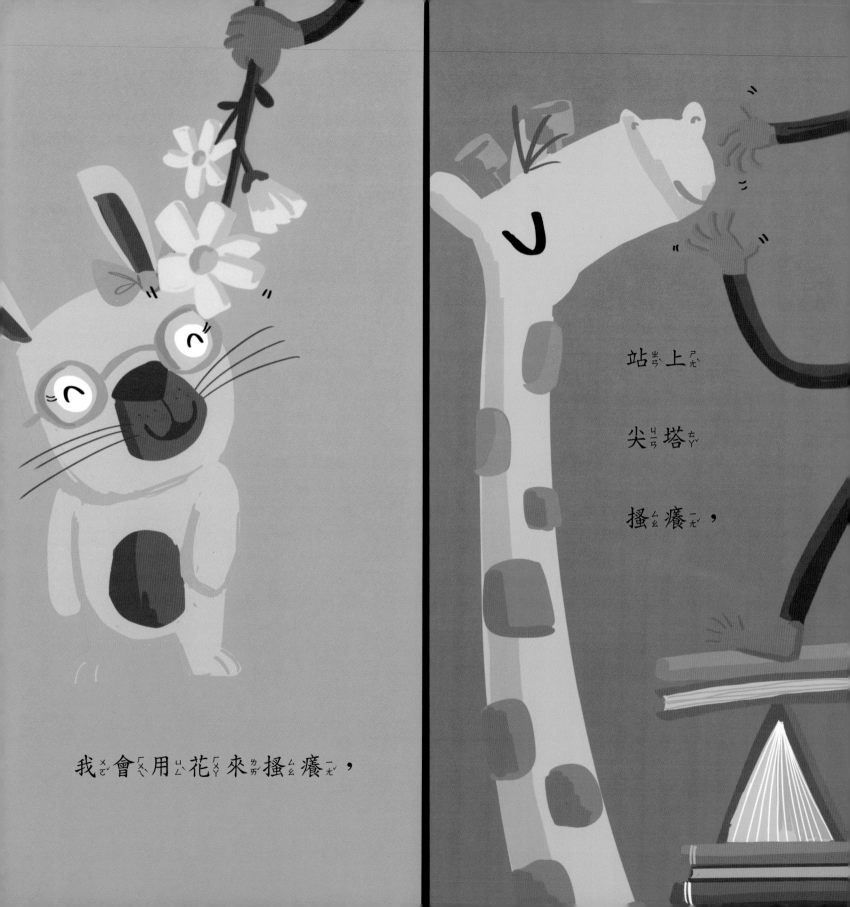

站_{ㄓㄢ}上_{ㄕㄤ}

尖_{ㄐㄧㄢ}塔_{ㄊㄚ}

搔_{ㄙㄠ}癢_{ㄧㄤ}，

我_{ㄨㄛ}會_{ㄏㄨㄟ}用_{ㄩㄥ}花_{ㄏㄨㄚ}來_{ㄌㄞ}搔_{ㄙㄠ}癢_{ㄧㄤ}，

用呃——我的天啊——搔癢！

停！別一直搔我癢啦！

嗯ㄣ！我ㄨㄛ知ㄓ道ㄉㄠ你ㄋㄧ超ㄔㄠ級ㄐㄧ怕ㄆㄚ癢ㄧㄤ的ㄉㄜ，所ㄙㄨㄛ以ㄧ……
要ㄧㄠ用ㄩㄥ很ㄏㄣ輕ㄑㄧㄥ又ㄧㄡ很ㄏㄣ棒ㄅㄤ的ㄉㄜ東ㄉㄨㄥ西ㄒㄧ，除ㄔㄨ了ㄌㄜ……

羽ㄩ毛ㄇㄠ搔ㄙㄠ癢ㄧㄤ！

沒ㄇㄟ有ㄧㄡ任ㄖㄣ何ㄏㄜ東ㄉㄨㄥ西ㄒㄧ可ㄎㄜ以ㄧ比ㄅㄧ得ㄉㄜ上ㄕㄤ羽ㄩ毛ㄇㄠ搔ㄙㄠ癢ㄧㄤ……

我從來不會對任何搔癢說不。

不要？
掃興的人。

我不是一個
掃興的人，
猴子。
我只是不想
讓你搔我癢。

許_{ㄒㄩˇ}多_{ㄉㄨㄛ}人_{ㄖㄣˊ}在_{ㄗㄞˋ}一_{ㄧˋ}起_{ㄑㄧˇ}搔_{ㄙㄠ}癢_{ㄧㄤˇ}！

鵝_{ㄜˊ}叫_{ㄐㄧㄠˋ}聲_{ㄕㄥ}！

鵝_{ㄜˊ}叫_{ㄐㄧㄠˋ}聲_{ㄕㄥ}！

鵝ㄜˊ叫ㄐㄧㄠˋ聲ㄕㄥ！鵝ㄜˊ叫ㄐㄧㄠˋ聲ㄕㄥ！
看ㄎㄢˋ到ㄉㄠˋ了ㄌㄜ吧ㄅㄚ？最ㄗㄨㄟˋ佳ㄐㄧㄚ搔ㄙㄠ癢ㄧㄤˇ者ㄓㄜˇ。

在ㄗㄞˋ
現ㄒㄧㄢˋ今ㄐㄧㄣ
世ㄕˋ界ㄐㄧㄝˋ上ㄕㄤˋ。

但是怎麼皺眉了呢？

你們都很喜歡搔癢的，

是嗎？

是吧？

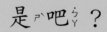

呃，事實上，我不喜歡搔癢。

我也不喜歡。

我也不喜歡。

但是鵝，當我搔你癢時，你剛才還大笑呢！

我是一直叫。猴子，那是因為我忍不住呀！可是我不喜歡搔癢呀！

小獅子？你喜歡我們之前玩追著搔癢吧！

一起玩追著搔癢是很有趣。
可是，突然的搔癢讓我好緊張哦！

我不喜歡搔癢。

那麼，青蛙呢？我以前常常搔你癢。
你從來沒有說過你不要我搔你癢的。

那是因為你從來沒問過我呀！

你應該曾經說過什麼。

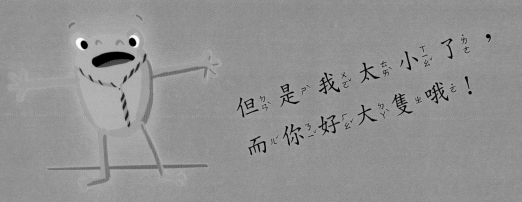

但是我太小了，
而你好大隻哦！

如果我先跟你說了，你會同意嗎？

哦_ㄛ！不_{ㄅㄨ}。
我_{ㄨㄛ}真_{ㄓㄣ}的_{ㄉㄜ}很_{ㄏㄣ}對_{ㄉㄨㄟ}不_{ㄅㄨ}起_{ㄑㄧ}。
我_{ㄨㄛ}以_ㄧ為_{ㄨㄟ}大_{ㄉㄚ}家_{ㄐㄧㄚ}都_{ㄉㄡ}想_{ㄒㄧㄤ}要_{ㄧㄠ}被_{ㄅㄟ}搔_{ㄙㄠ}癢_{ㄧㄤ}呢_{ㄋㄜ}！

不_{ㄅㄨ}！不_{ㄅㄨ}是_ㄕ每_{ㄇㄟ}個_{ㄍㄜ}人_{ㄖㄣ}。

對ㄉㄨㄟˋ！所ㄙㄨㄛˇ以ㄧˇ我ㄨㄛˇ不ㄅㄨˋ能ㄋㄥˊ隨ㄙㄨㄟˊ時ㄕˊ隨ㄙㄨㄟˊ地ㄉㄧˋ搔ㄙㄠ任ㄖㄣˋ何ㄏㄜˊ人ㄖㄣˊ的ㄉㄜ˙癢ㄧㄤˇ。

要ㄧㄠˋ是ㄕˋ我ㄨㄛˇ能ㄋㄥˊ夠ㄍㄡˋ知ㄓ道ㄉㄠˋ誰ㄕㄟˊ想ㄒㄧㄤˇ要ㄧㄠˋ搔ㄙㄠ癢ㄧㄤˇ或ㄏㄨㄛˋ誰ㄕㄟˊ不ㄅㄨˋ想ㄒㄧㄤˇ要ㄧㄠˋ就ㄐㄧㄡˋ好ㄏㄠˇ了ㄌㄜ˙……

啊ㄚ哈ㄏㄚ！
我ㄨㄛˇ明ㄇㄧㄥˊ白ㄅㄞˊ了ㄌㄜ˙。

要ㄧㄠˋ先ㄒㄧㄢ問ㄨㄣˋ一ㄧˊ下ㄒㄧㄚˋ哦ㄛ！

當然──我應該先問一下。
現在，就讓我用好棒棒、好大大的猴子抱抱補償大家……

呃哼？

……如果你喜歡抱抱。山羊，你需要來個抱抱嗎？

我喜歡抱抱！

青蛙呢？

不用了。謝謝！猴子。

小狮子呢？

我們要不要換另一種
追著搔癢來玩？

你呢？鵝鵝。

聽起來不錯哦！

還有誰想要抱抱或是搔癢？

世界上
最棒的

只要排隊排成一直線……

如果你想要的話。

結束<ruby>ㄐㄧㄝ</ruby><ruby>ㄙㄨˋ</ruby>。

父母或孩子的照顧者指導手冊

我們希望您會喜歡閱讀《要先問一下哦！》這本書。

您或許想跟您的孩子說更多有關這本書的故事，鼓勵孩子探索有關「先取得他人同意」的觀念與語言。經由這些觀念，將有助於孩子在他們的成長過程中建立起安全與正面的想法。

以下是您或許會與孩子說和做的案例（包括括號【】裡所列問題的建議答案）。

你可否讓我看看封面，看看這隻猴子在做什麼呢？【猴子在對山羊搔癢。】

這本書的故事是什麼？【要先問一下哦！】

為什麼你覺得這本書的故事叫做「要先問一下哦！」呢？【因為猴子在搔癢別人時應該先問一下對方是否願意讓他搔癢。】

你覺得猴子應該對對方搔癢嗎？【只有在對方答應的時候。】

讓我們看下去。為什麼你認為猴子稱呼自己是隻「超愛搔癢的猴子」？【他認為他是一位很棒的搔癢者。】

他的媽媽同意嗎？【是的，是他媽媽告訴他的。】

你能在這個故事裡找到任何喜歡猴子搔癢的動物嗎？【猩猩、熊貓、兔子、長頸鹿、無尾熊、小獅子。】

是什麼使你認為他們喜歡他的搔癢？【他們微笑著，還有哈哈大笑啊！】

猴子如何確認他們在猴子對他們搔癢時會覺得喜歡？【猴子可以問他們。】

你能找到山羊嗎？　山羊看起來喜歡搔癢嗎？【不喜歡。】

山羊跟猴子說了什麼？【「停止！」】

你能夠像山羊一樣說：「停止！」嗎？

母牛去哪裡了？母牛喜歡搔癢嗎？【不喜歡。】

當母牛告訴猴子停止搔癢時，猴子有沒有立即停止？【沒有。】

為什麼？【猴子不相信母牛不喜歡他的搔癢，所以他嘗試用不同的方式對母牛搔癢。】

為什麼猴子說母牛是掃興的人？【因為母牛說她不喜歡猴子對她搔癢。】

母牛是不是因為她說她不要猴子搔癢她，所以是一位掃興的人？【不。這是她的身體，而且要求猴子不要搔癢她。】

你能找到鵝鵝嗎？當鵝鵝大聲叫時，猴子以為是什麼意思？【猴子以為鵝鵝在笑。】

那麼，鵝鵝大叫實際上是代表什麼意思？【

這是鵝鵝不得不叫出來的吵雜聲。】

你是如何知道的？【因為鵝鵝跟猴子說了。】

為什麼青蛙沒告訴猴子他之前不喜歡被搔癢？
【因為猴子比青蛙大許多，而且他以為猴子會記
得。】

你覺得青蛙的感受如何？【他也許會感到害
怕、悲傷或不舒服。】

猴子說：「如果我能夠知道誰要搔癢或誰不
要搔癢……」什麼才是能知道誰要你對他們做哪
些事的好方法呢？（像是搔癢或擁抱他們）【開
口問啊！】

那麼，什麼時候你該做哪些事？在你搔癢之
前、搔癢時或之後？【之前，所以他們可以讓你
知道你是否被允許做這些事，所以，你應該在做
這些事之前「先問一下」……】

如果有人說他們不想讓你搔癢，但你很喜歡
搔癢而且也很會搔癢，那麼，你可以搔癢他們嗎？
【不行，因為那是他們的身體，而你正在對他們的
身體做些他們不喜歡的事。】

鼓勵你的孩子跟他們的玩具練習不同場景。
問每一個玩具「你要搔癢嗎？」讓有些玩具說好，

有些玩具說不要（可用不同的方式／不同的聲
音）。只能搔癢那些說「可以」的玩具，並且對
那些說「不要」的玩具要有禮貌。

在每天的活動裡，你可以在一些事物中為你
的孩子提供一些簡單的選擇。例如，「你比較喜
歡藍上衣還是紅上衣？你比較喜歡蘋果還是香
蕉？」如果你接受孩子的選擇，孩子就會明白他
們可以對周遭環境有所掌握，這將有助於孩子對
於「同意」的慢慢了解。

有關「同意」的更多訊息（相關文章及訊
息），請參閱www.julietclarebell.com